I0546763

INVENTAIRE
Ye 15,974

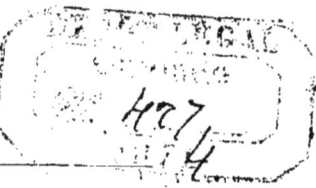

LOUIS BOUÉ

SOULAC RENAISSANT

POËME

En vente au profit de l'Œuvre de Soulac

BORDEAUX

IMPRIMERIE DE J. DELMAS

Rue Sainte-Catherine, 139

1874

LOUIS BOUÉ

SOULAC RENAISSANT

POËME

BORDEAUX

IMPRIMERIE DE J. DELMAS

Rue Sainte-Catherine, 139

1874

Ye

15974

SOULAC RENAISSANT

I

L'OCÉAN ET LA FORÊT

Jamais de calme et de silence.
Deux géants parlent à la fois :
La haute vague qui s'élance,
L'arbre touffu qui se balance,
Mêlent leurs formidables voix !

Les flots, se ruant sur la grève,
Roulent, bondissent... on dirait
Que du fond de la mer s'élève
Un anathème que, sans trève,
L'Océan jette à la Forêt !

Semblant presque avouer un crime,
Les pins se courbent tristement,
Leur bruit monotone et sublime
Répond aux fureurs de l'abîme
Par un profond gémissement !

L'OCÉAN

Palpitante Forêt, qu'un vent plaintif caresse,
Paresseuse étends-toi, dans ta douce mollesse,
Sur ce riche tapis, brodé de genêts d'or,
Que le Printemps, toujours amoureux, t'offre encor !

Disperse les oiseaux brillants dans ta ramure,
Comme, parmi sa longue et souple chevelure,
La femme, fée habile à parer sa beauté,
Jette négligemment un atour emprunté.

Penche ton front rêveur, ô Forêt solitaire...
Dieu ne me fait mugir qu'afin de te distraire,
Et, sans doute, ce Dieu, pour charmer constamment
Ton immobilité, créa mon mouvement.

Vois ce cirque où mon flot, monstre dont l'œil s'allume,
Hérisse sa crinière et répand son écume,
Puis, apaisant soudain sa rage, à ton aspect,
Se prosterne à tes pieds, qu'il baise avec respect.

Tel un lion fameux, devant Rome inhumaine,
Fondait sur Androclès exposé dans l'arène,
Et tout à coup, tombant soumis à ses genoux,
En amour, près de lui, transformait son courroux.

Mais j'écoute... à gémir, ta grande voix s'obstine,
J'entends un éternel sanglot, que ta poitrine
Rend du soir au matin et du matin au soir ;
Forêt ! pourquoi te tordre ainsi de désespoir ?

Pareils aux pénitents, s'imposant un supplice,
Qui, dans leur repentir, se couvrent d'un cilice,
O pins vils, vous laissez, sous vos longs manteaux verts,
Couler le sang jailli de vos flancs entr'ouverts.

Ah ! vous avez compris que votre front s'apprête
Vainement désormais à dompter la tempête,
Et vous êtes honteux, ô sauveurs, d'arriver
A l'heure où vos efforts n'ont plus rien à sauver.

Lorsque la basilique, en ces lieux honorée,
Vivante, se sentant lentement enterrée,
Appelait à son aide, entendiez-vous ses cris ?...
Vous lui tendez trop tard vos grands bras amaigris !

C'était quand l'ouragan la frappait de son aile,
Que, vous tenant la main, vous deviez, autour d'elle,
Vous presser, pour l'étreindre et pour la protéger
Contre le sable alors prêt à la submerger.

Qu'importe que la dune aujourd'hui soit soumise,
Puisque, depuis longtemps, le sol couvre l'église ?
Cherche-t-on à donner des secours superflus
Au cadavre glacé dont le cœur ne bat plus ?

Que ne te dressais-tu, Forêt, sur ce rivage,
— Au temps où l'Aquilon soulevait le nuage
Qui retombait pesant, comme le drap des morts —
Pour faire à la victime un rempart de ton corps ?

LA FORÊT

Absente de ces bords, étais-je responsable
Des assauts qu'à ces murs livrait jadis le sable ?
Flots injustes ! il sort, du fond de la forêt,
Moins l'aveu d'un remords que celui d'un regret.

Insulte à ma torpeur, ô toi, mer déchaînée !
L'inertie héroïque est-elle incriminée,
Quand debout, sans broncher, au lieu de s'émouvoir,
On affronte un péril, au poste du devoir ?

Je suis là, maintenant, je domine et je veille :
Si le grand endormi, qui déjà se réveille,
Bientôt, comme Lazare, est vainqueur du tombeau,
Il n'y descendra plus, comme lui, de nouveau.

Je me ris des clameurs de la vague cruelle...
O bouquets d'œillet rouge et de jaune immortelle,
Pour me rendre insensible à ses cris importuns,
Laissez monter vers moi vos enivrants parfums !

II

L'ÉGLISE DE NOTRE-DAME DE LA FIN-DES-TERRES

L'église antique,
Où la relique
De Véronique
Reçoit l'encens,
Disparut toute ;
Dessus la voûte,
Fut une route
Pour les passants.

Le sol la cache,
Mais sans relâche
Le moine arrache
Son linceul lourd...
Elle s'élève,
Croit qu'elle achève
Un mauvais rêve,
Et rit au jour.

Soulac contemple
Le fronton ample
De son vieux temple,
Sans voir le seuil ;
Le toit semble être
Fier de renaître,
Mainte fenêtre
Rouvre son œil.

Ce mort auguste,
Dont le grand buste
Surgit robuste,
Soutient le poids,
Sur sa tour grise
Que bat la brise,
D'une balise
Formant la croix.

Dès que l'aurore,
Qui vient d'éclore,
Chauffe et colore
L'eau de ses feux,
L'airain s'agite,
Chante et palpite
Comme, en son gîte,
L'oiseau joyeux.

De sa voix grêle,
La cloche appelle
L'humble fidèle
Qui du saint lieu
Descend les marches :
Là, sous les arches,
Des patriarches
Célèbrent Dieu.

Le sanctuaire,
Plein de mystère,
Est dans la terre
Jusques aux flancs ;
Le sable encombre
L'enceinte sombre
Où s'endort l'ombre
Des piliers blancs.

L'orgue y soupire,
En son délire,
Et lorsque expire
Sa voix, qu'au ciel
L'écho prolonge,
L'âme se plonge
Dans un doux songe
D'or et de miel.

BIBLIOTHÈQUE NATIONALE R. F. IMPRIMÉS

La cloche sainte,
Comme une plainte,
Doucement tinte,
Le soir encor ;
L'autel s'éclaire,
Et la prière
Vive et légère
Prend son essor.

Qu'ainsi s'élance
La nef immense,
Qu'évase l'anse
Des arceaux ronds ;
Qu'enfin, moins basse,
Elle ait sa place,
Haut dans l'espace,
Loin de nos fronts !

Ah ! sois superbe,
Tel que la gerbe
Par-dessus l'herbe,
Temple vanté !
Le vrai renverse
L'erreur perverse :
Comme lui, perce
L'obscurité !

III

LA PLAGE

Dans sa pourpre de roi, le soleil étincelle,
Et, de l'ardent regard de sa fauve prunelle,
Il embrase les jours, moins aimés que les nuits.
L'Été règne, l'Été, qui vidant les corbeilles
Où le Printemps avait rangé les fleurs vermeilles,
      Y dispose ses fruits.

On dirait que le vent, comme l'oiseau, redoute
L'approche des humains, qu'il évite leur route,
Cherchant, pour s'y poser, les plages ou les blés ;
Chassé par les rumeurs que l'homme fait entendre,
Ce vent franchit nos toits, et n'ose pas descendre
      Dans nos chemins peuplés.

Sur les pavés brûlants de la ville, l'air pèse,
Il est de plomb ; la rue est presque une fournaise...
A la hâte, chacun s'éloigne, épouvanté,
D'une atmosphère en feu, qui ronge et qui dévore :
Comme on fuyait Sodome et l'on fuyait Gomorrhe,
      On fuit toute cité !

Lorsque Bordeaux s'attriste, en voyant la phalange
De ses enfants, qui part vers d'autres cieux et change
D'asile et de climat, trois Édens enchanteurs
Rivalisent d'attraits et semblent trois coquettes
Se disputant, avec leurs yeux et leurs toilettes,
     Tous ces adorateurs.

Arcachon fait surgir, d'un site pittoresque,
Son pavillon chinois, son casino mauresque,
Ses chalets de la Suisse et son phare géant...
Près d'un large bassin sa ville se découpe :
Elle attache sa lèvre à cette immense coupe
     Que remplit l'Océan.

Royan a ses rochers, aux touffes d'herbe fraîche,
Qui se creusent en conche, où l'onde plate lèche
Le sable ferme, et meurt sans soupir, sans effort ;
Tout est luxe. La femme y mêle sa dentelle
Aux chatoyants festons, dont l'eau garnit, comme elle,
     Sa robe sur le bord.

Soulac ! je t'aime mieux. J'aime cette mer folle
Qui hurle et qui maudit, menace ou se désole,
Et ton sauvage aspect, tes alentours déserts,

Tes baigneuses livrant, loin du faste des villes,
Leurs pieds nus à la grève et leurs cheveux mobiles
Au caprice des airs !

*
* *

Entre le ciel, la mer, le sable,
On a, dans ce séjour béni,
Au-dessus, l'incommensurable,
Au-dessous de soi, l'insondable,
Et, de tous côtés, l'infini.

Salut, compagnes de la plage,
O dunes, où j'ai médité !
Autour de vous, tel qu'un nuage
De gaze moirant un corsage,
Frissonne un reflet argenté.

Salut, mer séduisante, ô belle,
Changeant du jour au lendemain,
Tour à tour soumise et rebelle,
Dont le flot perfide rappelle
L'inconstance du cœur humain !

Tandis que ta voix grave et tendre
Entonne un hymne solennel,
Près de tes bords je vais m'étendre,
Parfois, le matin, pour entendre
Les louanges de l'Éternel;

Et, sentant frémir tout mon être,
Je reste immobile d'effroi,
Enfant, n'osant pas me permettre
D'interrompre l'auguste maître
Qui daigne parler devant moi.

La chaleur commence... on arrive.
Parmi les promeneurs distraits,
De blonds chérubins, sur la rive,
Étalent leur gaîté naïve...
Pour eux, le sable a tant d'attraits !

L'un, moulant une passerelle,
S'étonne si les vents défont
L'œuvre qu'il croyait éternelle ;
Un autre, du bout de sa pelle,
Voudrait creuser un puits sans fond !

Partout folâtrent les baigneuses,
Dont le front semble s'iriser.
Les grandes vagues amoureuses
Font trembler toutes ces frileuses,
Au froid de leur premier baiser.

L'onde caressante lutine
Leurs bras de marbre transparent,
Leurs épaules de nacre fine,
Et met, au cou de chaque Ondine,
Des perles que le flot reprend.

Dès que, vers les groupes, s'avance
Une lame se déroulant,
Ces Nymphes bravent sa puissance :
Elles repoussent en cadence
Le sol qu'effleure leur pied blanc.

On dirait qu'ici ramenées,
Les divinités de ces eaux,
D'algue marine couronnées,
Dansent des rondes effrénées,
Plus agiles que les oiseaux.

Elles s'arrachent, avec grâce,
Aux étreintes du flot amer,
Et ceux qui retrouvent leur trace
Croient fouler un endroit où passe
La frêle alouette de mer.

Les solitudes sont muettes :
L'éventail bleu de l'Océan
N'a plus ces brillantes paillettes,
O roi du jour, que tu lui jettes...
Déjà scintille Cordouan.

Sa tour, fier cyclope de pierre,
Toujours debout sur son rocher,
Abaisse et rouvre sa paupière,
Envoyant ses jets de lumière
Au-devant du craintif nocher.

Lorsqu'aux cieux, estompés de brume,
Les astres demeurent couverts,
Seule, cette étoile s'allume,
Lampe sainte qui se consume
Dans le temple de l'univers.

A l'heure où le soleil, sous l'onde,
S'est bien éteint, comme un tison,
Soulac voit, dans la nuit profonde,
Dressée au sein du flot qui gronde,
Sa sentinelle, à l'horizon !

IV

L'OCÉAN ET LA FORÊT

L'OCÉAN

Que bientôt, au travers de cette vaste lande,
Des chars, liés entre eux, déroulent leur guirlande,
Et glissent, enchaînés à ce fougueux coursier
Qui, dès que le feu mord ses entrailles d'acier,
Fend l'air, en secouant sa crinière enflammée !
Dans cette Pompéi, récemment exhumée,
Que des chalets sans nombre, auprès de leurs aînés,
Rangent leurs toits aigus et leurs balcons ornés,
Comme, autour des aïeux, s'assemblent pleins de joie
Les multiples enfants que le ciel leur envoie !...
Je t'accusais ! Pardonne à mon égarement,
O Forêt, car mon flot redevient plus clément.
Quand, du dôme des cieux, pâle lustre, la lune
Verse ses froids rayons aux crêtes de la dune,

Je jette à pleines mains, dans les minces filets,
Les poissons, dont le soir azure les reflets.

LA FORÊT

Océan, je t'absous ; épargne cette terre
D'où va naître un pieux et riant monastère...
Il faut que, sur ces bords, le moine rassuré,
Ce fantôme, erre en paix dans un cloître sacré,
Qu'un jeune campanile au vieux clocher réponde,
Que leur double concert quelquefois se confonde,
Et qu'ils soient, en joignant leur prière et leurs sons,
Tels que deux nids voisins qui mêlent leurs chansons !

L'OCÉAN

Que de même, ô Forêt, s'unissent nos pensées,
Qu'ensemble désormais elles soient enlacées ;
N'ayant plus qu'un seul but, n'ayons plus qu'un accent :
Gloire au Dieu souverain !

LA FORÊT

Gloire au Dieu tout-puissant !

Avril-mai 1874.

www.ingramcontent.com/pod-product-compliance
Lightning Source LLC
Chambersburg PA
CBHW061627180626
46818CB00005B/2269